tim s.

Maus im Haus

BoD - Books on Demand, Norderstedt

Bibliografische Information der
Deutschen Nationalbibliothek:

Die Deutsche Nationalbibliothek verzeichnet diese Publikation in der Deutschen Nationalbibliografie; detaillierte bibliografische Daten sind im Internet über *www.dnb.de* abrufbar.

Die Illustration des Covers zeigt eine originale aber farblich nachgebesserte Aufnahme der Maus Helga, entstanden am Abend des 1. Advent 2014.

Erstauflage
Autor und Herausgeber:
© 2015, Tim S.
Alle Rechte vorbehalten.

Kontakt: *helgamaus-buch@web.de*

Herstellung und Verlag:
BoD – Books on Demand, Norderstedt
ISBN 978-3-7347-5834-8

tim s.

Maus im Haus

– Eine wahre Geschichte –

Wie uns die freche Helga ein unvergessliches Wochenende um den 1. Advent bescherte.

Prolog

Wer kennt sie nicht? Kleine und flinke Tierchen, die meist im Schutz der Dunkelheit agieren und beim Herumschnüffeln sogar erheblichen Lärm verursachen können. Nicht unbedingt muss man auf dem Land leben, um eine Maus zu Gesicht zu bekommen. Doch wenn sich eines dieser Tiere plötzlich in einem Haus verirrt, ist Ratlosigkeit und Panik ein schnelles Resultat. Soll die verirrte Maus auch noch lebend gefangen werden, dann kann sich die Aufgabe plötzlich als eine große Herausforderung erweisen. Abenteuerlustig und intelligent flitzen die kleinen Tiere von Schlupfloch zu Schlupfloch und gehen dabei mit höchster Vorsicht aber auch mit geweckter Neugier vor.

Der Autor dieses Buches hat die Situation selbst erlebt, als sich ein tierischer Gast uneingeladen in die Wohnung seiner Freundin schlich und von da an allen Beteiligten aufregende Tage und

Nächte bescherte. Der handelnde Protagonist der Erzählung ist der Autor selbst, welcher die Erlebnisse der amüsanten Begebenheit schildert. Wie auch in der ereigneten Situation wirkt in der Erzählung die Freundin des Autors als Handlungsperson mit. Im Mittelpunkt aller Geschehnisse steht die im Haus verirrte Maus namens Helga, die ihren Namen im Verlauf der Handlung erhält.

Das Ihnen vorliegende Buch umfasst eine wahre Geschichte. Die Ereignisse haben sich um das 1. Adventswochenende 2014 in ländlicher Umgebung am Rande von Deutschland zugetragen.

Inhalt

Kapitel I
    Donnerstag, 27. November 2014   13

Kapitel II
    Die **Nacht** von **Donnerstag**,
    27. November 2014 zu   19
    Freitag, 28. November 2014

Kapitel III
    Freitag, 28. November 2014   37

Kapitel IV
    Samstag, 29. November 2014   57

Kapitel V
    Sonntag, 30. November 2014   77

Donnerstag,

27. November 2014

Noch 3 Tage bis zum

1. Advent

I

Die Geschichte über die kleine und freche Maus namens Helga beginnt am Donnerstag, den 27. November 2014. An diesem Tag war es recht mild und es herrschte auch am Abend eine für die Jahreszeit Herbst untypisch hohe Temperatur. Ich selbst hatte mir diesen Tag zusammen mit dem darauf folgenden Freitag frei genommen und wollte mir ein langes, viertägiges Wochenende gönnen, denn hinter mir lag eine mühsame und zehntägige Arbeitswoche inklusive des Wochenendes zuvor. Da ich freiberuflich und somit selbstständig tätig bin, kam mir ein von mir verlängertes Wochenende gerade recht, um eine kleine Auszeit nehmen zu können. Diese wollte ich bei meiner Freundin verbringen, so dass ich an dem besagten Donnerstag mit etwas Gepäck die Reise zu ihr antrat. Auch zuvor genehmigte ich mir fernab der Arbeit freie Tage, die ich oft zusammen mit meiner Freundin bei ihr verbrachte. Ich selbst wohne in der nähe einer Landeshauptstadt und bin daher der dichten Bevölkerung und dem Stadtverkehr ausgesetzt. Umso besser, dass meine Freundin auf dem Land lebt und für mich einen perfekten Ort der Ruhe bietet. Es ist jedesmal wie ein kurzer Urlaub für mich, wenn ich dem Trubel der Stadt entfliehen kann und ein paar Tage aufs Land zu meiner Freundin reisen darf. Da ich schon oft bei ihr zu Besuch war, stellte die Fahrt an sich keine

Besonderheit dar. Nach etwa 3 Stunden und einem Anruf hatte ich mein Ziel erreicht und freute mich auf die 4 bevorstehenden Tage der Entspannung in ländlicher Umgebung. Etwa kurz nach 16.30 Uhr kam ich an diesem Donnerstag in der Wohnung meiner Freundin an. Sie war bereits zu dieser Zeit von der Arbeit zu Hause eingekehrt und öffnete mir mit Freude die Tür. Neuigkeiten wurden ausgetauscht, rasch die mitgebrachten Sachen verstaut und es nahte auch bald der Abend. Auch wenn dieser gesamte Tag recht wolkenlos und sonnig erschien, war es bereits 17 Uhr dunkel, wie es für Ende November zu erwarten ist.

„Was wollen wir heute Abend kochen?" –

fragte ich mit hungrigem Bauch meine Freundin. Sie lächelte mir zu und beantwortete die Frage selbst mit einem fragenden Blick:

„Lasagne?"

Ich lächelte zurück. Das hätte ich mir eigentlich auch denken können. Bei meiner Freundin und mir ist das so eine Art Tradition. Immer wenn wir uns sehen gibt es mindestens einmal selbstgemachte Lasagne. Also warum nicht gleich an diesem Abend? Gegen 18 Uhr verzogen wir uns beide in ihre Küche und rührten die Fleischsoße für die Lasagne an. Diese kann ich besonders lecker zubereiten. Es wundert mich also kein bisschen, dass meine Freundin ständig nach der Lasagne verlangt wenn ich zu ihr komme oder wenn sie bei mir zu Besuch ist. Ich mache es gern und wir beide lecken uns jedesmal die Finger danach. Nach etwa einer halben Stunde war die köstlich duftende Lasagne in der Auflaufform beschichtet und bereit im Ofen gebacken zu werden. Während des Kochens und der Backzeit im Ofen gab es in der Wohnung keine sonderbaren Vorkommnisse. Weder ich noch meine Freundin ahnten zu dieser Zeit, dass wir bald Besuch von einem kleinen Tierchen bekommen würden. Aber vielleicht war dieser Gast auch schon längst da und hielt sich nur versteckt, denn der Ofen, in dem sich das Abendbrot befand, machte ziemlichen Lärm. Gegen 19 Uhr waren wir an diesem Donnerstagabend fertig mit Essen und haben den Tag auf der Couch gemütlich ausklingen lassen. Zwar konnte ich den kommenden Freitag ausschlafen, allerdings musste meine Freundin früh raus. Es dauerte also nicht lange und es zog ihr bequem auf der Couch die Augen zu. Dies scheint ja ohnehin ein allgemein bekanntes Phänomen bei Frauen zu seien. Oft ärgere ich sie, wenn sie am frühen Abend nach dem Essen auf der Couch am einschlafen ist, doch ich wusste wie zeitig sie in der Früh aufstehen musste, daher ließ ich sie an diesem Abend sanft schlummern. Beim Ärgern ist es bei mir besonders beliebt, einen angeleckten Finger in ihr Ohr zu stecken, so dass sie sofort hochschreckt und losmault. Doch an diesem Donnerstagabend hatte ich es sein lassen, denn ich war selbst etwas geschafft von der Anfahrt und wollte den Tag entspannt beenden. Ich selbst hatte mich neben ihr auch auf der Couch breit gemacht und sah vollgefressen etwas in den Fernseher hinein, während ich nebenbei am Laptop nach Kleinigkeiten surfte. Gegen 21 Uhr erwachte meine Freundin in ihrer verkrümmten Liegeposition auf der Couch und meinte mit verschlafenem Blick wie immer:

„Ich geh' jetzt in's Bett. Mach' nicht mehr so lange!"

Danach zog sie sich in ihr Schlafzimmer zurück. Ich wollte ihr kurz nach 23 Uhr folgen, denn ich war selbst auch müde und kaputt. Also kuschelte ich mich bald neben meine Freundin ins Bett und freute mich auf eine entspannte und erholsame Nacht voller Ruhe. Doch diese Nacht sollte ganz anders werden, wie es sich nur 2 Stunden später herausstellen sollte...

Die **Nacht** von **Donnerstag**,

27. November 2014

zu **Freitag**,

28. November 2014

II

Meine Freundin schlief tief und fest, als ich kurz nach 23 Uhr leise das Schlafzimmer betrat. Draußen war mondlose Nacht und Stille. kein Auto- oder Fluglärm war zu hören, nur das Knacken des Fußbodens, auf dem ich mich leise durch ihr Schlafzimmer bewegte. Die Wohnung meiner Freundin umfasst etwa 40 Quadratmeter und ähnelt einem Ferien-Appartement mit 2 Zimmern – dem Wohnraum und dem Schlafzimmer. Diese beiden Räume sind durch einen Flur voneinander getrennt, welchen man über eine große Eingangstür aus dem Treppenhaus erreicht. An jedes der beiden Zimmer ist ein separater Raum angeschlossen. Über das Wohnzimmer ist die kleine Küche erreichbar und über das Schlafzimmer das Bad. Die Küche und das Bad ist also in dem Appartement meiner Freundin nicht direkt über den Flur zu erreichen. Dennoch ist es eine schöne, kleine und vor allem ruhige Wohnung in der ersten Etage eines zweistöckigen Hauses mit wenig Mietern.

Bevor ich an diesem Abend nun endlich zu meiner Freundin ins Bett gehen konnte, war noch ein kleiner Weg ins Bad nötig. Ich selbst bin kurzsichtig und trage tagsüber Kontaktlinsen, die ich vor dem Schlafengehen in eine Schale mit spezieller Reinigungsflüssigkeit lege. Nach dem Herausnehmen dieser Sehhilfen im Bad schaute ich noch kurz aus dem Fenster des Schlafzimmers und erfreute mich an der Dunkelheit und der friedlichen Ruhe. Ich bin ohne Kontaktlinsen zwar nicht blind wie ein Maulwurf, doch meine Sicht ist dennoch nachts etwas eingeschränkt. Tagsüber bietet sich aus diesem Fenster ein herrlicher und weiter Blick auf die Natur, welcher nicht durch ein davorstehendes Haus versperrt wird, wie dies in meiner eigenen Wohnung leider der Fall ist. Müde und sehbehindert kroch ich nach dem Fensterblick zu meiner Freundin ins bereits vorgewärmte Bett, löschte das Licht auf dem Nachttisch und versuchte gegen 23.15 Uhr in dieser Nacht zum Freitag einzuschlafen. Für gewöhnlich lassen wir die Türen zum Flur immer offen stehen und auch an diesem späten Donnerstagabend machte ich die Schlafzimmertür und die Tür zum Wohnzimmer nachts nicht zu. Sollte sich dies später als fahrlässig erweisen?

Ich lag noch eine ganze Weile wach, während meine Freundin neben mir friedlich im Land der Träume schlummerte. Es war nicht komplett dunkel im Raum. Zwar schien über den Flur durch die offene Tür kein Licht in das Schlafzimmer hinein, jedoch befand sich auf dem Nachttischschrank meiner Freundin ihr Handy, das mit dem zugehörigen Kabel an einem Steckerverteiler zum Aufladen angeschlossen war. Dieses Handy leuchtet über eine kleine LED rot wenn es geladen wird und grün wenn dieses vollständig aufgeladen ist. Zu der Zeit, als ich im Bett und am Einschlafen war, leuchtete ihr Handy bereits grün. Ich hätte es auch vom Ladekabel trennen können, aber mich störte das Leuchten dieser kleinen LED nicht. Auf dem Fußboden lag auf der Seite meiner Freundin dieser Verteiler, der in einer Dose in der Wand steckte. An diesem Steckerverteiler war ein Kippschalter angebracht, der rot leuchtete, da die Steckdose in Betrieb war. Das Leuchten der grünen LED vom Handy und des roten Schalters vom Steckerverteiler, hellte den Raum leicht auf, aber nicht wirklich störend. Durch das eine aber doch große Fenster des Schlafzimmers schien ohnehin kein Licht hinein.

Der Wecker auf dem Nachttisch zeigte mittlerweile kurz vor 0.15 Uhr an, als ich langsam merkte, dass ich zur Ruhe komme. In der Ruhephase habe ich immer so herrliche Halbschlafzuckungen, die sich in Form vom Zucken eines Beines oder einer Schulter ausdrücken. Ab dieser Phase weiß ich für mich persönlich, dass ich in 3 Minuten eingeschlafen sein werde. Meine Freundin schlief noch immer neben mir, wälzte sich aber auf ihrer Bettseite hin und her, als würde jeden Moment der

Wecker klingeln und sie müsste ungewollt erwachen. Die tollen Halbschlafzuckungen wurden intensiver und ich stand dem Eintritt ins Traumland unmittelbar bevor. Doch plötzlich schreckte ich von einer Sekunde auf die andere hoch und riss dabei sogar meine Freundin aus ihrem Schlaf.

"Was ist denn los, Mensch?!" –

fragte sie mich verschlafen und genervt.

"Ich habe ein komisches Geräusch gehört!" –

erwiderte ich zu ihr. Unbeachtet drehte sie sich herum und schlief weiter, denn um 5 Uhr sollte für sie der Wecker klingeln. Dieses eine Geräusch aus dem Wohnzimmer ließ mir jedoch keine Ruhe. Ich hatte deutlich gehört, wie Essbesteck auf einen Teller prallte, so als würde man auf einem Teller liegendes Besteck kurz anheben und wieder fallen lassen. Hatte ich mir dieses Geräusch im Halbschlaf doch nur eingebildet? Die Türen der Räume standen ja komplett offen, so dass ein Geräusch aus dem Wohnraum durchaus im nicht weit entfernten Schlafzimmer wahrgenommen werden kann. Tatsächlich standen die Teller noch von der am Abend gespeisten Lasagne mit Besteck auf dem Couchtisch drüben im Wohnzimmer. Die Küche meiner Freundin ist zu klein, als dass man darin Essen könnte. Aus diesem Grund nehmen wir zubereitete Mahlzeiten immer im Wohnzimmer zu uns und oft bequem abends auf der Couch. Zugegeben waren wir am Vorabend zu faul zum Abwaschen und ließen die Teller einfach auf dem Couchtisch über die Nacht stehen. Doch was genau hatte das laute Geräusch ausgelöst, wenn ich mir dieses nicht nur kurz vor dem Einschlafen eingebildet hatte? Meine Freundin schlief wieder tief und fest, während ich nun hellwach war und mir angespannt im Bett einige Gedanken zu dem Geräusch durch den Kopf gehen ließ. Klar hätte ich einfach aufstehen können und nachsehen, aber ohne Kontaktlinsen hätte dies wenig Sinn ergeben, zumal ich wie festgeschnallt und steif im Bett lag. Ich versuchte vergebens mich zu entspannen und wieder einzuschlafen. Dieses eine Geräusch aus dem Wohnzimmer verleitete mich irgendwie dazu, still im Bett zu liegen und auf weitere Hinweise zu lauschen. Mittlerweile ging es auf 1 Uhr zu und ich hatte in dieser Nacht noch kein Auge zugemacht. Allerdings störte mich der Schlafmangel zu diesem Zeitpunkt nicht weiter, da ich noch immer aufgeregt im Bett lag und am Tag auch ausschlafen kann. Kurz vor 1 Uhr nahm ich ein weiteres

Geräusch wahr. Diesmal war es näher und kam aus dem Flur. Ein Einbrecher? Ein Tier? Von diesem Moment an lag ich noch angespannter im Bett als zuvor und versuchte dieses Geräusch irgendwie einzuordnen. Es war eine Art Schleifen, so als würde man einen Schuh oder eine Einkaufstüte leicht über einen glatten Boden ziehen. Immerhin ist der Flur von der Wohnung meiner Freundin mit geschliffenem Steinboden ausgestattet, doch Wohnraum und Schlafzimmer sind mit Teppich ausgelegt. Das Geräusch kam näher und wurde auch etwas lauter. Ich habe sofort die Nachttischlampe eingeschaltet, die ohne große Mühen mit einer kleinen Handbewegung vom Bett aus zu erreichen ist. Das Geräusch verstummte sofort und zum Glück habe ich meine Freundin durch das Licht nicht beabsichtigt aufgeweckt. Etwa 5 Minuten lang ließ ich das Licht brennen und versuchte mich auf weitere Geräusche aus dem Flur zu konzentrieren, doch ohne Erfolg. Kurz nach 1 Uhr machte ich das Licht wieder aus und wollte weiter lauschen. Ich war ohnehin so aufgeregt, dass Schlaf mir nicht mehr in den Sinn kam, auch wenn es schon mitten in der Nacht war. Es dauerte eine kleine Weile und das Geräusch kehrte aus dem Flur zurück.

– Was ist das denn nur?! –

fragte ich mich total aufgeregt und leicht verängstigt. Schon öfters hatte ich nachts kleinere Geräusche in meiner Wohnung oder in der meiner Freundin wahrgenommen. So etwas wie Knackgeräusche von Möbeln, die jeder kennt, wenn das Material bedingt durch unterschiedliche Temperaturen arbeitet. Doch das Geräusch aus dem Flur war ein anderes und es kam in Richtung des Schlafzimmers. Ich konnte deutliche Schleifspuren hören, die ungefähr kurz vor der Schlafzimmertür entstanden. Plötzlich war das Geräusch ein anderes und ich hörte ein ganz leichtes Tapsen auf dem Teppichboden gegen 1.15 Uhr.

– Na toll, womöglich ein Tier im Schlafzimmer! –

dachte ich mir, ohne zu wissen, um was es sich genau handelte. Bereits im Sommer des gleichen Jahres hatten wir eine Hornisse im Schlafzimmer, die wir zum Glück mit Hilfe einer Box nach draußen bringen konnten. Doch der Besuch dieser Hornisse war nicht im geringsten so aufregend wie der tierische Gast, der uns nun beehrte. Ich war am überlegen, ob ich erneut das Licht anschalte oder ob ich einfach im dunkeln abwarte und weiter lausche. Im Bett war ich so aufgeregt, dass ich mich keinen Millimeter bewegte, während meine Freundin neben mir noch immer friedlich schlief. Ich entschloss mich, weiter den Geräuschen des vermeintlichen Tieres im dunkeln zu lauschen und konnte wieder deutliches Tapsen auf dem Boden als auch Scharren an den Möbeln hören. Das Tapsgeräusch kam etwas näher und zog sich verbunden mit einem Schleifgeräusch die Wand zum Bett entlang, so als würde man einen leichten Gegenstand in der Kante zwischen Wand und Boden ziehen. Danach war es für etwa 1 Minute still geworden. Der Nachttisch auf der Bettseite meiner Freundin stand etwa 5 Zentimeter von der Wand weg, da sich hinter diesem einige Kabel befinden. Hinter ihrem Nachttisch konnte ich ein deutliches Kratzen an der Wand feststellen, wobei ich regungslos und wie gelähmt auf meiner Seite im Bett lag und lauschte. Zu dieser Zeit war mein Puls auf 200. Allerdings hätte das Geräusch auch aus dem Nachbarraum kommen können, da die Wand des Schlafzimmers, wo das Bett steht, an den Schlafraum der Nebenwohnung grenzt. Doch ich war mir ziemlich sicher, dass hinter dem Nachttisch etwas ist, was im Schutz der Dunkelheit herum irrt. Jedoch verschwand des Geräusch recht schnell und es war deutlich zu hören, wie etwas über die Kabel lief und dann die Wand entlang zurück in den Flur rannte. Die Geräusche raubten meiner Freundin fast ihren festen Schlaf. Sie wurde zwar nicht wach, drehte sich aber hin und her und befand sich nicht mehr im Tiefschlaf. An mir konnte es ja nicht liegen, denn ich hatte mich eine gefühlte Ewigkeit vor Aufregung und Anspannung nicht mehr bewegt. Im Zimmer selbst war es wieder still geworden, doch ich konnte noch immer deutliche Geräusche aus dem Flur hören. Wenn ich die Tür am Abend vorher geschlossen hätte, dann wäre der Besuch wohl nicht ins Schlafzimmer gekommen und ich hätte sicher tief und fest schlafen können. Meine Gefühlslage bestand zu diesem Zeitpunkt aus einer Mischung zwischen Neugier, Ratlosigkeit, Angst und Müdigkeit, denn es ging bereits auf 2 Uhr zu. Es dauerte nicht lange und es war aus dem Flur ein sehr lautes Geräusch hörbar, das sehr deutlich dem Knistern einer Plastiktüte entsprach, so als würde ein Tier mit dieser Tüte spielen. Im Flur der Wohnung meiner Freundin befindet sich in einer dunklen Ecke ein Schuhschrank von der Höhe eines Tisches. Der Schrank steht unmittelbar neben der Tür zum Schlafzimmer und hinter diesem liegen Plastiktüten. Das Knistergeräusch kam eindeutig von dort und war so laut, dass sogar meine Freundin aus ihrem Halbschlaf erwachte und sich zunächst aufrichtete.

"Pssst! Sei mal still!" –

flüsterte ich zu ihr hin, während ich meinen Zeigefinger ausgestreckt vor die Lippen hielt. Danach bewegte ich mich leise, um den Schalter für die Lampe des Nachttisches zu suchen und um das Licht anzumachen. Meine Freundin schaute mich zunächst verdutzt an und war verärgert darüber, dass sie mitten in der Nacht aufgeweckt wurde, denn nach eigenen Angaben braucht sie ihren Schlaf. Dann hörte auch sie das laute Knistern aus dem Flur, welches immer noch deutlich wahrgenommen werden konnte, obwohl das Schlafzimmerlicht vom Nachttisch brannte und durch die offene Tür auch etwas von dem Licht in den Flur schien.

"Was ist denn das?" –

fragte mich meine Freundin mit aufgeregter Stimme und ängstlich verschlafenem Blick.

"Ich weiß es nicht. Aber das geht schon seit 1 Uhr so!" –

sagte ich angespannt zu ihr. Dann realisierte sie, dass nicht ich sie aufgeweckt hatte, sondern die Knistergeräusche, die noch immer aus dem Flur in das Schlafzimmer schallten. Ich hingegen war froh, mir die Vorkommnisse nicht nur eingebildet zu haben. Wir beide standen langsam und leise aus dem Bett auf und wollten zusammen bei dem Schuhschrank im Flur nachsehen. Da das Haus mit ihrer Wohnung recht alt ist, knackt immer der Fußboden, wenn man darüber läuft. Es war für uns also nicht möglich, flüsterleise in den Flur zu gelangen, um nach einem vermeintlichen Tier Ausschau zu halten. Mit dem ersten Knacken des Bodens verstummte sofort das Knistergeräusch hinter dem Schuhschrank. Dennoch gingen wir in den Flur, machten dort das Licht an und schauten hinter diesen Schrank, wo einige Plastiktüten lagen. Mit einem langen Schuhanzieher stocherte ich auf den Tüten herum und hatte genau das Knistergeräusch im Ohr. Eine dünne Plastiktüte gab eindeutig das vorher gehörte Geräusch wieder.

"Vielleicht hast du eine Maus hier drin'!" –

meinte ich zu meiner Freundin, die aufgeregt neben mir stand.

"Wo soll die denn herkommen?!" –

kam sie mir mit fragwürdigem Blick entgegen. In dieser Nacht weiter nach dem Tier zu suchen erschien uns als zwecklos, da Mäuse recht scheu sind und nur zum

Vorschein kommen, wenn sich diese absolut ungestört fühlen. Dennoch war nun auch die Neugier bei meiner Freundin geweckt, die sich trotzdem in knapp 3 Stunden für die Arbeit fertig machen musste. Wir beschlossen also, wieder zurück ins Bett zu gehen und mit Absicht die Schlafzimmertür offen zu lassen, um vielleicht doch noch einen Blick auf das Tier erhaschen zu können, denn bis zu diesem Zeitpunkt wussten wir keineswegs, um was es sich eigentlich handelte und wie die bisher gehörten Geräusche einzuordnen sind. Schnell machten wir das Licht im Flur und Schlafzimmer aus und legten uns im Bett angespannt auf die Lauer, als der Wecker nun kurz vor 2.30 Uhr zeigte. Es dauerte eine ganze Weile, bis die Geräusche erneut aus dem Flur zu hören waren und zwischenzeitlich war meine Freundin auch fast schon wieder eingeschlafen. Doch plötzlich hob sie leicht ihren Kopf und flüsterte mir zu:

"Hörst du das?"

"Ja, es ist wieder hier drin'!" –

sagte ich leise zurück und blickte zu meiner Freundin hinüber. Durch die LED des noch immer angesteckten Handys konnte ich im dunklen Raum die Umrisse ihres

Kopfes erkennen. Sie lag aufgeregt neben mir und schaute auf den Boden herab, wo der Steckerverteiler mit dem rot leuchtenden Schalter lag, neben dem das Tier theoretisch gelaufen sein musste, als es 30 Minuten zuvor hinter dem Nachttischschrank auf der Bettseite meiner Freundin herumschnüffelte. Wir beide lagen gespannt und wach im Bett und lauschten den Bewegungen und Geräuschen im Schlafzimmer. Das Knistern einer Tüte war zu hören, welche ich von mir Zuhause mitgebracht hatte und die in einer Ecke des Schlafzimmers auf dem Boden neben einem Kleiderschrank lag. Auch ein leichtes Kratzen an diesem Schrank konnten wir wahrnehmen, jedoch vermieden wir es, miteinander zu reden und uns zu bewegen. Das Tapsen als auch die Schleifgeräusche entlang der Wand kehrten genau so wieder, wie ich diese zuvor in der Nacht gehört hatte. Unser vermeintlicher Gast war wohl im Schlafzimmer erneut in Richtung des Nachttisches zu meiner Freundin unterwegs, die noch wach schien. Plötzlich hob sie erschrocken ihren Kopf, drehte sich schnell zu mir und sagte aufgeregt aber leise:

"Ich hab' es als Schatten gesehen! Etwas fettes mit Schwanz ist an der Steckdose vorbei gelaufen!"

Eine Maus? Eine Ratte? Auf jeden Fall war etwas mit einem Schwanz zwischen der Wand und dem Steckerverteiler hinter den Nachttischschrank geflitzt. Der leuchtende Kippschalter dieser Verteilerdose warf den Schatten des Tieres für den Bruchteil einer Sekunde an die Wand. Meine Freundin versuchte mir aufgeregt das Bild zu schildern, doch sehr viel hatte sie in diesem kurzen Moment auch nicht erblicken können. Sie war sich aber sehr sicher, einen Schwanz als Schatten gesehen zu haben. Wir machten das Licht an und grübelten nun darüber, was wir in den verbleibenden 2 Stunden unternehmen, denn mittlerweile leuchtete die Anzeige auf dem Wecker knallrot 3 Uhr.

"Ich kann jetzt eh nicht mehr schlafen!" –

meinte meine Freundin zu mir und auch ich war extrem aufgeregt. Da saßen wir nun im Bett, die Beleuchtung erhellte den Raum und wir hatten wissentlich ein Tier mit Schwanz hinter dem Nachttischschrank oder unter dem Bett um 3 Uhr morgens. Zum Glück ist meine Freundin sehr tierlieb und dreht nicht gleich bei dem Gedanken an ein wildes Tier durch, auch wenn dieses Gefühl, eine Maus oder Ratte unmittelbar in Reichweite zu haben, nicht das Schönste ist. Dennoch könnte ich mir gut vorstellen, dass andere Frauen spätestens ab diesem Zeitpunkt schreiend das Weite gesucht hätten. Trotz allem versuchten wir die Ruhe zu bewahren und wussten aber, dass wir am Tag und an dem bevorstehenden Wochenende etwas gegen das verirrte Tier unternehmen müssten.

Mittlerweile war es 3.15 Uhr am Morgen des Freitag und ich nutzte das zwanghafte Wachsein, um kurz ins Bad zu gehen und mich zu erleichtern. Während des Toilettenganges stand die Tür zum Bad offen und ich unterhielt mich in normaler Lautstärke mit meiner Freundin, die noch im Bett saß. Abgelenkt vom Philosophieren über das Tier trat ich nichts ahnend aus dem Bad heraus, wobei mir fast das Herz stehen blieb. Ein großer und schwarzer Fellknäuel rannte 10 Zentimeter an meinem nackten Fuß vorbei, aus Richtung des Bettes kommend in den sicheren Flur. Dabei hatte ich mich so sehr erschrocken, dass sogar meine Freundin aus dem Bett sprang um nachzusehen. Leider hatte ich in diesem Moment ohne Kontaktlinsen nicht sehr viel erkennen können. Nur das Bild eines flauschigen und schnellen Tieres mit dunklem Fell war bis dahin in meinem Kopf drinnen. Wir entschlossen uns, für die verbleibende Zeit bis zum Aufstehen, die Tür des Schlafzimmers zu schließen, da das Tier in den Flur und von dort aus entweder hinter den Schuhschrank oder in das Wohnzimmer gerannt sein musste. Die Tür zum Wohnzimmer stand noch immer offen. Wir machten das Licht aus und wollten die restliche Zeit bis zum Klingeln des Weckers noch sinnvoll mit etwas Schlaf füllen. Nebenbei erzählte ich meiner Freundin, die auch versuchte noch etwas zu schlafen, dass das Tier schon vorher in der Nacht hinter ihrem Nachttischschrank Geräusche von sich gab und etwa seit 1 Uhr nachts im Flur und im Schlafzimmer umher spazierte. Wirklich eingeschlafen bin ich in der restlichen Zeit nicht mehr, denn mir ging ständig das Tierchen durch den Kopf und die Frage, wie es in die Wohnung kam und wie wir es loswerden könnten. Auch wenn wir es nicht eindeutig sehen und identifizieren konnten, gingen wir nach diesen Erlebnissen von einer Maus in der Wohnung aus. Noch die ganze restliche Zeit bis zum Morgen hörte ich das Tier im Flur durch die Knistergeräusche der Plastiktüte hinter dem Schuhschrank, obwohl die Tür zum Schlafzimmer verschlossen blieb. Ich bilde mir sogar ein, ein Scharren an der Tür wahrgenommen zu haben. Vielleicht wollte uns unser tierischer Gast ja mitteilen, dass dieser wieder in das Schlafzimmer möchte...

Freitag,

28. November 2014

Noch 2 Tage bis zum

1. Advent

III

Der Wecker klingelte wie gewohnt genau um 5 Uhr am frühen Freitagmorgen. Meine Freundin wälzte sich auf ihrer Bettseite hin und her und wollte nicht aufstehen. Immerhin war sie zwar am Vorabend zeitig auf der Couch eingeschlummert, hatte aber nur bis etwa 1.30 Uhr tiefen Schlaf gehabt. Doch die Aufregung über die Geschehnisse der Nacht konnte man ihr ansehen. Es war allerdings keine Panik, sondern eher eine Anspannung und Ratlosigkeit, wie es nun mit der Maus in der Wohnung weitergehen würde. Ich selbst hatte in der Nacht kein Auge zumachen können, war aber überraschenderweise nicht sehr müde, als meine Freundin kurz nach dem Klingeln des Weckers aus dem Bett kroch und im Bad verschwand. Vielleicht hatte ich ja die Müdigkeit aufgrund der Aufregung übergangen. Während sich meine Freundin verschlafen für die Arbeit fertig machte, blieb ich bei voller Beleuchtung im Bett liegen und dachte etwas über unseren tierischen Besuch nach. Wir hatten an diesem Morgen die Lichter in jedem Raum der Wohnung an, da es zu dieser Zeit draußen noch stockdunkel war und eine erneute Begegnung mit der Maus vermieden werden sollte. Wahrscheinlich hatte sich dieses nachtaktive Tier ohnehin schützend in irgendeiner Ecke des Wohnzimmers oder hinter dem Schuhschrank im Flur verkrochen. Kurz vor 5.30 Uhr verließ meine Freundin an diesem Morgen ihre Wohnung mit den liebevollen Worten:

"Du tust mir leid jetzt allein mit der Maus. Treffen wir uns heute um 14 Uhr?"

Ich sah sie an und bejahte ihre Frage, da wir dieses Treffen bereits einige Tage vorher ausgemacht hatten. Es war geplant, dass ich an diesem Freitag in die Stadt fahre und um 14 Uhr meine Freundin von der Arbeit abhole, da wir über den Weihnachtsmarkt schlendern wollten, der einige Tage zuvor eröffnet hatte. Sie verabschiedete sich von mir und verließ pünktlich das Haus. Nun war die eine Maus gegangen und die andere versteckte sich irgendwo in der Wohnung. Ich wälzte mich noch etwas im Bett hin und her und ließ das Licht im Wohnzimmer einfach brennen. Obwohl ich noch bis kurz vor Mittag hätte schlafen können und die Zeit dies auch hergab, war ich putzmunter und schaltete meinen Laptop an. Interessiert suchte ich nach Beiträgen und Foren über Mäuse im Haus bzw. in der Wohnung sowie nach Ratschlägen und Hintergründen zu diesem für mich amüsanten Thema. Das Ziel war, mit Hilfe des Internets unseren Gast etwas näher kennenzulernen, denn für mich und meine Freundin war diese Situation völlig neu.

Dass diese Tiere sehr scheu sind und daher nur in der Dunkelheit und bei Stille agieren, ergibt sich eigentlich von selbst und ist daher kaum erwähnenswert. Viel interessanter fand ich jedoch die Information, dass eine verirrte Maus stets die gleichen Laufwege benutzt und sich immer nur an der Wand entlang bewegt, jedoch nie mitten durch den Raum. Dies erklärt wohl auch, warum in der Nacht die Schleifgeräusche an der Wand zu hören waren und warum das Tierchen zu dem Nachttischschrank zurückkehrte. Durch das Lesen der Texte im Internet fielen mir dann doch noch die Augen zu und die Müdigkeit überkam mich. Gegen 6.30 Uhr wurde es draußen langsam hell und ich versuchte schnell einzuschlafen. Trotz des Gedankens an die Maus im Hinterkopf, habe ich an diesem Freitagmorgen recht gut bis ungefähr 11 Uhr geschlafen und konnte den Schlafmangel der Nacht doch noch etwas ausgleichen. Während dieser Zeit erhielt ich aufs Handy eine Nachricht von meiner Freundin, die ich später las.

Als ich erwachte, blickte ich aus dem Fenster des Schlafzimmers, während mir die Anwesenheit der Maus und die Vorkommnisse der Nacht zurück ins Gedächtnis schossen. Draußen schien ein herrlicher und sonniger Tag zu sein, doch es wehte ein typisch kalter Novemberwind, den ich an den Bewegungen der Bäume und der Blätter erahnen konnte. Es ging bereits auf Mittag zu. Ich machte mir etwas kleines zum Essen warm und einen Kaffee, nachdem ich das Licht im Wohnzimmer ausgeschaltet hatte, welches noch immer von der Früh an brannte.

– Wie und wann kam die Maus in die Wohnung rein? –

fragte ich mich ständig, als ich die Speise und das Getränk auf der Couch zu mir nahm. Noch immer standen die Teller mit dem Besteck von der gegessenen Lasagne auf dem Couchtisch herum, doch die nächtliche Anwesenheit einer Maus im Wohnzimmer ließ sich nicht zweifelsfrei erkennen. Ob ich mir das Geräusch aus dem Wohnzimmer in der Nacht nur eingebildet hatte oder ob es tatsächlich vorgekommen ist, konnte zu diesem Zeitpunkt nicht nachgewiesen werden. Allerdings hatten wir dem Tier leichtsinnig ein Schlaraffenland mit den kleinen Essensresten hinterlassen, aber ob die Maus tatsächlich in der Nacht über die Teller spaziert war und Lasagne überhaupt mochte, konnte ich nicht eindeutig feststellen. Dennoch wurden die Teller von mir mit kochendem Wasser übergossen und desinfiziert. Ich räumte noch ein wenig im Wohnzimmer auf und kontrollierte auch die angrenzende Küche. Doch die Küchentür war die vorherige Nacht über verschlossen, daher schien es aussichtslos, dass die Maus auch durch die Küche spazierte. Später begab ich mich in den Flur und wollte im hellen den Schuhschrank kontrollieren, hinter dem der vermeintliche Gast während der Nacht lautstark mit einer Plastiktüte spielte. Doch auch da gab es keinerlei Anzeichen für die nächtlichen Aktivitäten der Maus. Ich stellte jedoch fest, dass der Schrank unten hohl ist. Wahrscheinlich hatte sich das Tier darunter zum Schutz verkrochen, als wir in der Nacht bei Licht nachgesehen hatten. Spätestens ab diesem Zeitpunkt stellte ich mir ernsthaft die Frage, ob die Ereignisse in der Nacht wirklich geschehen sind oder ob ich das nur geträumt hatte, aber zum Glück wurde es ja auch von meiner Freundin wahrgenommen. Mittlerweile erreichte der Tag eine Mittagszeit von 12.30 Uhr und ich machte mich langsam fertig, um in die Stadt fahren zu können. Gegen 12.45 Uhr verließ ich die Wohnung meiner Freundin und machte mich auf den Weg.

Die Fahrt in die Stadt stellte an sich keine Besonderheit dar und wurde von mir schon oft unternommen. Ich freute mich darauf, meine Freundin von der Arbeit abzuholen und mit ihr einen schönen Nachmittag zu verbringen. Während der Fahrt grübelte ich weiter darüber, wie die Maus in die Wohnung gekommen sein könnte und was wir am bevorstehenden Wochenende gegen das Tier unternehmen würden. Einige Antworten auf meine innerlichen Fragen sollte ich bald im lokalen Zoofachgeschäft erhalten, welches ich an diesem Tag kurz vor 13.45 Uhr aufsuchte. Zunächst stöberte ich in dem großen Geschäft durch die Regale und hielt gezielt nach einer Lebendfalle Ausschau, denn ich wusste, dass es so etwas gibt. Nach etwa 5 Minuten vergeblichem Suchen sprach ich eine Verkäuferin an, die mir zufällig den Weg kreuzte:

"Entschuldigen Sie. Ich suche nach einer Mäusefalle. Es soll aber eine Lebendfalle sein. Haben Sie so etwas?"

Die Verkäuferin ging daraufhin geradewegs zu einem Regal, an dem ich vorher sogar schon stand.

"Bitteschön, junger Mann!" –

sagte sie freundlich und gab mir eine kleine Schachtel mit der von mir gewünschten Ware in die Hand, die 7.99 Euro kosten sollte. Ich bedankte mich und versuchte mit ihr ins Gespräch zu kommen, denn meine Gedanken kreisten um den tierischen Gast, der sich höchstwahrscheinlich in diesem Moment noch in der Wohnung meiner Freundin versteckt hielt. Ich erzählte der Verkäuferin, dass wir eine Maus in der Wohnung haben, die mich die ganze Nacht lang wach gehalten hat.

"Das glaub' ich Ihnen sehr!" –

erwiderte die Verkäuferin mit grinsendem Blick, so als hätte sie selbst diese Situation schon erlebt.

"Mäuse suchen jetzt in dieser Jahreszeit die Wärme und machen auch die Wände hoch!" –

sagte sie danach selbstbewusst zu mir. Ersteres konnte ich mir durchaus gut vorstellen, da das Haus mit der Wohnung meiner Freundin in ländlicher Umgebung unmittelbar am Waldrand liegt. Aber Mäuse klettern auch Wände hoch? Im Internet hatte ich zwar gelesen, dass die Tiere auch Rohre und Ähnliches zum Klettern in die Höhe benutzen, aber dass eine Maus direkt eine Wand hochklettern kann, wollte ich so nicht glauben. Dennoch konnte ich mir ab diesem Zeitpunkt sehr gut vorstellen, dass unser tierischer Gast womöglich in den ersten Stock gelangt sein könnte und von dort über das

Treppenhaus in die Wohnung meiner Freundin. Weiter im Gespräch fragte ich die Verkäuferin neugierig:

"Was mach' ich denn eigentlich mit der Maus, wenn ich sie lebend gefangen habe?"

"Das kann ich Ihnen auch nicht genau sagen..." –

meinte sie zu mir und schaute mich dabei etwas ratlos an.

"Die Maus scheint ja von draußen zu kommen. Da können Sie sie auch wieder rauslassen." –

fügte die Verkäuferin noch hinzu. Doch diese Aussage erschien mir nicht ganz logisch. Warum sollte ich das Tier zurück in die Natur bringen und somit dem bevorstehenden Winter aussetzen, wenn es sich doch ganz gewollt die Wärme suchte? Allerdings war für mich auch nicht ganz klar, ob die Maus sich nur in der Wohnung verirrt hatte oder bewusst einen warmen Platz zum Überwintern suchte. Unumstritten handelte es sich aber um ein wildes Tier, welches womöglich auch Krankheiten mit sich herum trug, so dass wir gezwungen waren, etwas gegen diesen ungewollten Besuch zu unternehmen. Die ganze Situation an sich war durch Ratlosigkeit geprägt, denn wir wollten die Maus nicht verletzen oder gar töten, mussten diese aber auch irgendwie aus der Wohnung bekommen. Also ging ich mit der Lebendfalle in der Hand zur Kasse des Zoofachgeschäftes, hinter der eine andere Verkäuferin auf mich wartete. Als ich die Ware bezahlte, bemerkte ich eine fette und träge Hauskatze, die langsam über die Theke flanierte und mich gähnend anglotzte.

"Kann ich mir die 'mal ausleihen?" –

fragte ich mit einem Lächeln auf den Lippen die Verkäuferin. Sie lachte nur und meinte im Spaß, ohne dass ich ein Wort mit ihr über die Maus gewechselt hatte:

"Hihi. Ja, die würde die schon rausjagen!"

Wahrscheinlich hatte die Verkäuferin beim Bezahlen die Verpackung gesehen und die Situation intuitiv erkannt.

– So fett und faul wie diese Katze aussieht, hat sie in ihrem gesamten Dasein mit Sicherheit noch nie eine Maus gefangen und schafft es wohl gerade noch zum Fresstrog. –

dachte ich mir belustigt, als ich mit meiner Lebendfalle in der Hand kurz vor 14 Uhr das Geschäft verließ. Die Arbeitsstelle meiner Freundin war nicht mehr weit entfernt und ich machte mich sofort auf den Weg zu ihr. Nebenbei holte ich die eben erworbene Falle aus der Verpackung und betrachtete diese etwas näher. Für einen Preis von 7.99 Euro war diese jedoch recht billig verarbeitet. Nur einfachste Plastikteile, die auch noch aneinander klapperten. In der Gesamtheit bestand die Falle aus einer etwa 20 Zentimeter langen Röhre, mit einer Breite und Höhe von annähernd 5 Zentimetern. Sogar kleine Luftlöcher waren eingearbeitet, damit eine gefangene Maus nicht qualvoll erstickt. Eine Seite konnte geöffnet und wieder sicher verschlossen werden, um Futter hineinzulegen oder um die gefangene Maus dort freilassen zu können. Auf der anderen Seite war die Falle mit einer Klapptür ausgestattet, die durch einen Plastikbügel offen stehen konnte. Kriecht eine Maus in die Falle hinein und ersucht das darin versteckte Futter, würde sie kurz vor dieser Nahrung den Bügel leicht berühren, so dass die Klapptür sofort nach unten fällt und die Maus sicher aber lebend gefangen wäre – soweit die Theorie. Der eingearbeitete Mechanismus dieser Lebendfalle war recht simpel aber durchaus effektiv. Ob sich diese auch in der Praxis als nützlich erweisen würde, sollte erst die kommende Nacht zeigen...

Pünktlich um 14 Uhr trat meine Freundin aus ihrer Arbeitsstelle heraus, vor der ich seit ungefähr 1 Minute auf sie wartete. Wir begrüßten uns und ich zeigte ihr sofort die gekaufte Lebendfalle.

"Ich hab' den ganzen Tag irgendwie nur an die Maus denken müssen!" –

sagte sie aufgelöst zu mir und war zugleich auch froh, ihre Arbeitswoche nun hinter sich gebracht zu haben.

"Wir werden sie heut' Nacht schon lebend fangen..." –

meinte ich überzeugt zu meiner Freundin und blickte dabei auf die Verpackung mit der Falle in meiner Hand. Trotz der Vorkommnisse der Nacht ließen wir uns nicht weiter von den Gedanken an die Maus ablenken und spazierten nachmittags gemütlich über den schönen Weihnachtsmarkt der Stadt. Etwas durchgefroren vom kühlen Wind suchten wir gegen 16 Uhr an diesem Tag ein großes Geschäft auf, welches alle nur erdenklichen Waren anbietet. Meine Freundin kennt mich genau und wunderte sich daher keineswegs, dass ich zunächst in der Spielwarenabteilung und auf der Etage mit dem ausgestellten Modellbau verschwand. Ich bin ein leidenschaftlicher Konstrukteur und Sammler von Produkten eines dänischen Spielwarenherstellers, dessen Name aus rechtlichen Gründen besser nicht genannt wird. Doch ich kann mir ziemlich gut vorstellen, dass jeder weiß, welche Marke gemeint ist. Dieser Hersteller führt in seinem vielfältigen Sortiment auch einen Themenbereich speziell für die ältere Zielgruppe, mit tollen Modellen, die das Kind im Manne wecken. An diesem Freitag bot das Geschäft sagenhafte Vorweihnachtsrabatte an, von denen ich nichts wusste. Aus diesem Grund kam ich nicht umher, mir ein weiteres Modell für meine Sammlung zuzulegen, um meine Begeisterung für dieses Hobby noch stärker auszubauen.

– Wenn ich schon zur richtigen Zeit am richtigen Ort mit Rabatten bin, dann kann ich dieses günstige Modell auch heute kaufen... –

dachte ich mir überzeugt und ging mit der Ware an die Kasse. Etwa 2 Minuten später traf ich meine Freundin auf der Rolltreppe, die etwas drängelte, da wir noch zurück auf den Weihnachtsmarkt mussten und ohnehin nicht so spät die Rückfahrt antreten wollten. Im gleichen Geschäft kauften wir noch schnell eine kleine Taschenlampe, die sich in den kommenden 2 Tagen als durchaus hilfreich erweisen soll. Danach verließen wir mit den erworbenen Artikeln in den Händen das Geschäft und gingen erneut auf den Weihnachtsmarkt zu, der direkt auf dem Weg lag.

"War mir ja klar, dass du dir wieder einen Baukasten kaufst! –

meinte meine Freundin zu mir, ohne dabei eine böse Absicht ausdrücken zu wollen. Zu diesem Zeitpunkt ahnten wir beide nicht, dass dieser günstig erworbene Baukasten eine wesentliche Rolle im Zusammenhang mit unserem tierischen Besuch spielen wird, den wir an diesem Freitagnachmittag gekonnt verdrängt hatten.

Etwa eine halbe Stunde lang schlenderten wir noch etwas über den Markt, kauften passend zur Vorweihnachtszeit 2 mit Schokolade überzogene Äpfel am Stiel und machten uns gegen 17 Uhr wieder auf den Heimweg, während wir uns bei der Fahrt noch etwas über die Maus unterhielten...

"Mäuschen? Pieps, pieps!" –

äußerte meine Freundin lautstark, als wir bei ihr im Haus ankamen und sie die Eingangstür ihrer Wohnung aufschloss und langsam öffnete. Theoretisch hätte die Maus bis zu diesem Zeitpunkt ungestört von Zimmer zu Zimmer rennen können, denn in der Wohnung war es schon längst abendlich dunkel. Anzeichen von irgendeiner Aktivität unseres tierischen Gastes konnten wir nicht erkennen, als wir gegen 18 Uhr die Wohnung betraten und zunächst in jedem Raum das Licht anschalteten. Ob sich die Maus noch immer in der Wohnung versteckt hielt und wenn ja in welchem Raum, ließ sich zu diesem Zeitpunkt nicht zweifelsfrei feststellen. Vielleicht war diese auch schon wieder verschwunden und hatte die Ruhe des Nachmittags zur sicheren Flucht aus der Wohnung genutzt. Ungestört von der vermeintlichen Maus verstauten wir die mitgebrachten Sachen und wollten erschöpft den Freitag gemütlich ausklingen lassen. Eine Kleinigkeit zum Essen reichte uns aus, da wir bereits in der Stadt auf dem Weihnachtsmarkt gegessen hatten. An diesem Abend versuchten wir jedoch, die Fehler des Vorabends nicht erneut zu begehen und keine Teller mit Essen im Wohnzimmer auf dem Couchtisch stehen zu lassen. Es war gegen 19 Uhr an diesem Freitagabend, als wir die erworbene Lebendfalle für die Nacht präparierten.

Zunächst überlegten wir, welches Futter in die Falle hineinzulegen ist und was die Maus wohl mögen würde. Zugegeben hatten wir nicht mehr viel Zutaten im Haus, denn Einkaufstag war erst der morgige Samstag. Eine kleine Rosine neben etwas Flocken aus einem Müslimix, erschien uns als Futter ideal zu sein. Zudem gaben wir noch ein kleines Stückchen Camembert hinzu, da diese Tierchen allgemein wohl etwas Käse mögen.

– Was uns schmeckt scheint für die Maus ja nicht verkehrt zu sein. –

dachte ich mir, als ich zusammen mit meiner Freundin die Falle bestückte. Da sich in der vorherigen Nacht unser tierischer Besuch viel im Flur bei dem Schuhschrank aufgehalten hatte, entschieden wir uns, genau an dieser Stelle die Falle für die kommende Nacht in einer Ecke zu platzieren. Ich war mir absolut siegessicher, dass wir die Maus in dieser Nacht lebend fangen werden.

Um etwa 20 Uhr machten wir uns beide gemütlich auf der Couch im Wohnzimmer breit und knabberten an den beiden Äpfeln mit Schokolade, die wir uns zuvor vom Weihnachtsmarkt mitbrachten. Wir hatten diese restlos aufgegessen, ließen jedoch leichtsinnig die Kriepse auf dem Couchtisch liegen. Als meine Freundin gegen 21 Uhr wieder einmal eingenickt war, hörte ich hinter der Couch ein komisches Scharren, welches unmittelbar aus der Nähe kam. Das Geräusch war so laut, dass ich dieses trotz des laufenden Fernsehers hinter mir wahrnehmen konnte. Ich machte den Ton des Fernsehers aus und lauschte leise diesem Geräusch weiter, während meine Freundin allmählich auf der Couch aufweckte. Dann konnte ich ein deutliches Scharren und Kratzen in der Nähe der Heizung hören. Meine Freundin schaute mich verschlafen an, als ich zu ihr hin flüsterte:

"Ich glaub' sie ist hier drin'! Ich habe etwas hinter der Couch und bei der Heizung gehört!"

Womöglich hatte sich unser nachtaktiver Besuch den ganzen Tag über im Wohnzimmer verkrochen und wollte nun langsam wieder zum Vorschein kommen. Die wahrgenommen Geräusche hielten wir für einen eindeutiger Beweis dafür, dass die Maus an diesem Freitagabend noch in der Wohnung war. Der Mangel an Schlaf der vorherigen Nacht machte sich nun auch langsam bei mir bemerkbar. Meine Freundin und ich entschlossen uns, gegen 21.30 Uhr ins Bett zu gehen und die Tür zum

Schlafzimmer zu verschließen. Erholsamer Schlaf und Ruhe sollte so für die kommende Nacht gewährleistet werden...

Samstag,

29. November 2014

Noch 1 Tag bis zum

1. Advent

IV

Tatsächlich erwachten wir am Morgen des Samstag ausgeruht gegen 9 Uhr und bemerkten in der vorherigen Nacht keinerlei Vorkommnisse oder Aktivitäten unseres vermeintlichen Gastes, da dieser aufgrund der verschlossenen Schlafzimmertür ausgesperrt blieb. Diese erholsame Nacht war ein echter Segen im Vergleich zu der vorherigen. Ob und inwiefern die Maus nachts durch das Wohnzimmer und den Flur spaziert war, wollten wir bald feststellen, denn wir waren bis zu diesem Zeitpunkt völlig überzeugt davon, unseren tierischen Gast in der Nacht mit Fressen geködert und lebend gefangen zu haben. Doch die Realität sah leider anders aus. Schnell machte sich bei mir und meiner Freundin große Enttäuschung und Ernüchterung breit, als wir beide nach dem Aufstehen in den Flur eilten, um nach der Falle und nach der Maus zu sehen.

"Na toll! Die ist ja gar nicht drinnen!" –

sagte ich verärgert zu meiner Freundin, die aufgeregt neben mir in die Falle blickte. Da standen wir nun am Samstagmorgen ausgeschlafen im Flur, blickten uns ratlos an und die Maus war nicht gefangen. Hatte ich die Falle etwa am Vortag vergebens gekauft? Die Tür zum Wohnzimmer ließen wir am Vorabend vor dem Schlafengehen mit Absicht offen stehen, damit die Maus in der Nacht ungestört in den Flur zur Falle spazieren konnte. Doch ob diese tatsächlich vom Geruch des platzierten Futters geködert wurde und überhaupt nachts im Flur war, konnten wir keineswegs erkennen. Die in der Falle hinterlegten Lebensmittel waren nicht einen Millimeter bewegt worden. Immerhin wäre die Maus ja sicher gefangen gewesen, wenn sie in die Lebendfalle hinein gekrochen wäre, um an dem darin versteckten Futter zu riechen. Doch dem war nicht so. Anscheinend wollte unser tierischer Gast die versteckten Leckereien nicht oder hatte es in der Nacht gar nicht erst in den Flur geschafft. Erneut kam zwischen meiner Freundin und mir Ratlosigkeit auf.

"Was machen wir denn, wenn wir die Maus am Wochenende nicht fangen können?" –

fragte mich meine Freundin berechtigterweise im Flur. Ich zuckte überfragt mit den Schultern.

"Da müssen wir uns etwas anderes einfallen lassen..." –

erwiderte ich noch zu ihr, ohne zu dem Zeitpunkt eine brauchbare Idee vorweisen zu können. Aber sie hatte ja durchaus recht. Schließlich wollte ich spätestens am frühen Montagmorgen in meine Wohnung zurück fahren und meine Freundin auch ungern mit der Maus allein lassen. Zudem hatten wir bedenken, dass unser Gast in der Wohnung verschiedene Kabel annagen könnte oder in anderer Form das Inventar beschädigt, je länger sich dieser in den Räumen versteckt hielt. Unsere Zweifel und Ratlosigkeit waren also durchaus begründet. Es galt einen weiteren Plan für das Wochenende zu schmieden, wie wir die verirrte Maus aus der Wohnung bekommen – und das obwohl eigentlich ein ruhiges Wochenende um den 1. Advent geplant war.

Unbeachtet den Gedanken, dass uns das Tier nachts nicht in die Falle ging, legten wir an diesem Morgen ein ausgiebiges Frühstück ein und führten das Tagwerk fort. Mit der Ausnahme von einem anstehenden Einkauf war das Wochenende nicht verplant, denn es sollten 2 entspannte und stressfreie Tage der Vorweihnachtszeit werden. Genau aus diesem Grund war ich ja auch aus der Stadt entflohen, um die Ruhe bei meiner Freundin in schöner und ländlicher Umgebung zu suchen. Allerdings wollte ich mich an diesem Tag auch dem günstig erworbenen Baukasten widmen, für den meine Freundin durchaus Verständnis aufbringt oder aufzubringen hat.

Doch zunächst suchte ich nach dem Frühstück im Internet noch etwas nach Beiträgen über Mäuse im Haus und las dabei, dass sich diese durch nur 1 Zentimeter kleine Ritzen und Schlitze hindurch zwängen können. Obendrein fand ich noch einen sehr interessanten Beitrag darüber, dass sich diese Tiere durch den Geruch von Pfefferminz und Kamille abschrecken lassen. Während den Recherchen im Internet kam meine Freundin brav ihren weiblichen Pflichten des Haushaltes nach und kümmerte sich gegen 11 Uhr um die Wäsche. Ihre Waschmaschine befindet sich jedoch im Keller, so dass die Wäsche auch dort unten aufgehangen wird und nicht in der Wohnung. Als meine Freundin von dem Gang aus dem Keller zurückkehrte, berichtete sie mir aufgeregt, dass sie ihre Nachbarin getroffen habe und dass sich die beiden auch über die Anwesenheit der Maus unterhalten hatten.

"Die Nachbarin meinte, sie habe vor 2 Wochen eine Maus die Treppe hinunter in den Keller verfolgt..." –

schilderte mir meine Freundin beim Surfen am Laptop. Das Tier war der Nachbarin damals wohl entwischt, doch diese ist auch nicht mehr die jüngste und Mäuse sind extrem flink. Die Vorstellung, wie eine alte Dame einer Maus hinterher rennt, fand ich durchaus lustig, aber ob es sich bei dieser gesehenen Maus tatsächlich um unsere handelte, welche sich bisweilen in der Wohnung versteckt hielt, konnte niemand sagen. Die Erzählung meiner Freundin brachte mich aber auf die Idee, nun endlich einmal nach Schlupflöchern in der Wohnung zu suchen, denn irgendwie musste das Tier ja auch hinein gekommen sein. An sich gibt es in den Räumen der Wohnung meiner Freundin keine Schlitze oder Risse, doch der Blick fiel sehr bald auf die Eingangstür, die über den Flur hinaus zum Treppenhaus führt. Unter dieser Tür befindet sich ein großer Spalt von mehr als 1 Zentimeter dicke, durch den eine Maus wohl ohne Probleme hindurch schlüpfen könnte. Wir hielten es für sehr wahrscheinlich, dass unser tierischer Besuch aus dem Treppenhaus in die Wohnung kam und unter der Eingangstür hindurch geschlüpft ist. Es war für uns im Grunde die plausibelste Erklärung, denn wenn sich wirklich die vor 2 Wochen gesehene Maus im kalten Treppenhaus befand, ist es kein Wunder, dass sich diese die Wärme der Wohnung suchte, in der sogar Futter vorzufinden ist. Ob die von der Nachbarin gesehene Maus aber tatsächlich unserem tierischen Gast entsprach, wird sich niemals eindeutig herausstellen. Die Gedanken von mir und meiner Freundin kreisten ohnehin mehr darum, wie wir die Maus wieder sicher aus der Wohnung bekommen würden. Der offene Spalt unter der Eingangstür ließ mir jedoch keine richtige Ruhe und ich ging hinaus ins Treppenhaus. Dort stellte ich auch unter den Eingangstüren der Nachbarn relativ große Spaltmaße fest. Theoretisch hätte die Maus im gleichen Stockwerk auch vorher bei der älteren Dame in der Wohnung gewesen sein können oder sogar bei anderen Mietern des Hauses. Doch es schien so, als fühlte sich das Tier in der Wohnung meiner Freundin am wohlsten, obwohl es das angebotene Futter nicht wollte, welches noch immer in der Lebendfalle bereit stand. Ungeachtet dessen entschied ich mich, den Spalt unter der Eingangstür mit Teebeuteln zu präparieren und einen Duft von Pfefferminz und Kamille im Flur zu verbreiten. In der Küche meiner Freundin gab es ohnehin genügend Pfefferminz- und Kamillentee, da fielen die paar entwendeten Beutel nicht weiter auf. Ich brachte die Teebeutel abwechselnd mit Klebestreifen an der Tür an, so dass die obere Hälfte eines jeweiligen Beutels an der Eingangstür befestigt war und die untere Hälfte den offenen Spalt unter der Tür bedeckte. Das ganze sah zwar nicht allzu schön aus, sollte aber zunächst den Zweck erfüllen, dass sich durch den Geruch von Pfefferminz und Kamille eine Maus abgeschreckt fühlt und nicht noch einmal kurz vor dem Winter die Wohnung meiner Freundin aufsucht. Durch die Maßnahme mit den Teebeuteln wurde allerdings der Fluchtweg aus der Wohnung für unseren tierischen Gast versperrt, sofern dieser tatsächlich unter dem offenen Spalt der Eingangstür herein gekommen war, wovon wir allerdings zu diesem Samstag ausgingen. Für das restliche Wochenende galt es also noch, die Maus lebend einzufangen.

Der Tag schritt voran und ging mittlerweile auf 13 Uhr zu, als ich mich nun endlich meinem tollen Baukasten widmen konnte, während meine Freundin pflichtbewusst ihre Hausarbeiten erledigte. Ich erblickte die auf dem Couchtisch liegenden Kriepse der Äpfel, die wir am Abend zuvor einverleibt hatten. Obwohl wir unserem tierischen Gast eigentlich keine Lebensmittel überlassen wollten, hatten wir es dennoch am Vorabend versäumt, die Apfelkriepse zu entsorgen. Scheinbar war die Maus wählerisch, denn alle von uns angebotenen Leckereien vermied sie. Camembert und Rosine in der Lebendfalle, Apfelreste am Krieps, das alles wollte das verirrte Tier nicht von uns haben. An den Apfelkriepsen konnte ich auch keinerlei Knabberspuren erkennen.

– Die Maus muss doch hungrig sein! –

dachte ich mir, als ich die Kriepse zunächst inspizierte und dann in den Müll warf. Den freigewordenen Platz auf dem Tisch nutzte ich dazu, um die in einzelnen Tüten sicher verpackten Teile meines Baukastens zu sortieren. Das Knistern dieser Tütchen verbreitete ein leicht nerviges Geräusch im Wohnzimmer, welches mich aber nicht störte, da ich dieses vom Auspacken meiner anderen Baukästen kannte. Seltsamerweise hatte dieses Knistergeräusch aber eine bedeutende Ähnlichkeit mit dem aus der Nacht zum Freitag, in der uns die Maus zum ersten Mal begegnet war. Noch immer hatte ich von der Nacht das Knistergeräusch der Tüte im Ohr, mit der unser tierischer Gast herumspielte. Je mehr ich die Teile meines Baukastens sortierte und mit den Tüten raschelte, umso mehr erkannte ich die Ähnlichkeit und das Geräusch wieder. Es war verblüffend, aber vom Geräusch her hörte es sich genau so an, als hätte die Maus in dieser Nacht mit den Tüten des Baukastens geraschelt und nicht mit der eigentlichen Tüte hinter dem Schuhschrank im Flur. Begeistert von dem neuen Baukasten packte ich die Teile weiter aus, die in zahlreichen Tüten untergebracht waren, die sich selbst innerhalb von größeren Tüten befanden. Das Knistern schien dadurch kein Ende zu nehmen. Obwohl ich vom Auspacken des Baukastens durchaus abgelenkt war, konnte ich ein Geräusch hinter dem Fernsehschrank wahrnehmen, je öfter und stärker ich mit den Tüten knisterte. Es lag ziemlich nah, dass sich der tierische Besuch bisweilen hinter dem kleinen Schrank versteckt hielt und nun durch die Knistergeräusche in seiner Ruhe gestört wurde. Ich versuchte gezielt, laute Geräusche mit den Tüten zu verursachen, um kurz darauf eine Pause einzulegen und zu lauschen. Das ganze führte ich etwas 4 bis 5 Mal hintereinander durch, bis in der stillen Knisterpause wieder ein deutliches Geräusch hinter dem Fernsehschrank zu hören war. Es schien tatsächlich so, als wollte die Maus auf das von mir abgegebene Knistern antworten.

Es war gegen 14 Uhr an diesem Samstag, als meine Freundin zu mir in das Wohnzimmer kam und sich zunächst auf die Couch setzte. Ich schilderte ihr meine eben gesammelten Erfahrungen des Knisterns und dem darauf gehörten Antwortgeräusch der Maus.

"Hör mal hin und sei ganz still!" –

sagte ich zu ihr, als ich eine Tüte des Baukastens in die Hand nahm, um damit ein lautes Knistergeräusch zu verursachen. Dann legte ich die Tüte zur Seite und lauschte mit meiner Freundin zusammen gespannt in die Ruhe des Raumes hinein. Es dauerte nicht lange und als Reaktion auf das abgegebene Knistern war ein Scharren und Kratzen hinter dem Fernsehschrank zu hören, worauf uns beiden bewusst wurde, dass sich die Maus eindeutig mit uns zusammen im Wohnzimmer befand.

"Was machen wir denn jetzt?" –

fragte mich meine Freundin leicht verwirrt auf der Couch sitzend. Sollten wir hinter dem Schrank nachsehen gehen? Etwas irritiert von dem Gedanken daran, dass unser Gast den Knistergeräuschen durch Scharren zu antworten schien, wollten wir diesem auf den Grund gehen. Doch ein plötzlich auftretendes Rascheln wurde immer lauter und zog sich die Wand bis zur Couch entlang, auf der wir beide angespannt saßen. Es war hellster Tag, aber dennoch schien das Tier aufgrund der Knistergeräusche der Tüten aktiv geworden zu sein. Als ich auf dem Tisch leise die Tüten des Baukastens zur Seite räumte, konnten wir wieder ein deutliches Rascheln hinter der Couch wahrnehmen, direkt an der Stelle, wo meine Freundin saß. Die Geräusche zogen sich die Wand hoch, so dass sie sofort aus ihrer Sitzposition von der Couch hoch sprang und sich umdrehte.

"Ahhh. Sie sitzt hier oben!" –

schrie mir meine Freundin nervös zu und kam dabei schnell einen Schritt zu mir hin, um sich von der Maus zu entfernen. Durch die hektischen Bewegungen verschwand das Tier sofort wieder an der Wand entlang und ersuchte den sicheren Schutz unter der Couch.

"Ich hab' sie gesehen auf der Couch! Eine kleine und dunkle Maus!" –

meinte meine Freundin aufgeregt und stand nun unmittelbar vor mir. Ich ärgerte mich darüber, dass ich die Maus nicht selber erblicken konnte, da meine Freundin genau die Sicht versperrt hatte, als das Tier für eine Sekunde oben auf der Lehne der Couch saß. Irgendwie musst die Maus schnell die Wand entlang vom Fernsehschrank unter die Couch gehuscht sein. Das von den Knistergeräuschen aufgescheuchte Tierchen nutzte den Spalt zwischen der Wand und der Couch, um in diesem neugierig auf die Lehne zu klettern und um meine Freundin zu erschrecken. Zu diesem Zeitpunkt wussten wir sicher, dass es sich bei unserem tierischen Gast nur um eine kleine Maus mit dunklem Fell handelte, die höchstwahrscheinlich mehr Angst vor uns hatte als wir vor ihr. Wir entschieden uns, das Tier unter der Couch zunächst in Ruhe zu lassen.

Der Tag ging auf 15 Uhr zu, als sich zuerst meine Freundin ins Schlafzimmer verzog und ich ihr bald folgte. Wir wollten bewusst das Wohnzimmer mit unserem Gast darin meiden, der sich auf dem Fußboden unter der Couch versteckt hielt. Aus diesem Grund hatten wir den Nachmittag im Schlafzimmer verbracht, doch vorher räumte ich noch meinen Baukasten in Sicherheit, denn ich hatte Angst, dass Teile von der Maus angenagt werden könnten. Die Lebendfalle war noch immer mit dem Futter der Nacht zuvor präpariert. Ich platzierte die Falle auf dem Boden in der Ecke zwischen Fernsehschrank und Couch, in der Hoffnung, dass die Maus hungrig sei und wir sie in der verbleibenden Zeit des Nachmittags nun endlich lebend einfangen würden. Danach schloss ich die Tür des Wohnzimmers und sperrte das Tier somit in diesem Raum ein.

Annähernd 2 Stunden des Nachmittags brachten wir ungestört im Schlafzimmer zu, während nebenbei ein kleiner Fernseher lief, der eigentlich dem Einschlafen dienen soll. Meine Freundin verbrachte die Zeit mit

Faulenzen und Surfen am Laptop und ich gönnte mir einen erneuten Blick in den Baukasten, den ich nun zusammen mit den knisternden Tüten im Schlafzimmerschrank deponiert hatte.

"Was wird heute mit Einkaufen?" –

fragte mich meine Freundin gelangweilt und hatte dabei einen Blick, als hätte Sie auf Shoppen gar keine Lust.

"Wir können uns ja gegen 17 Uhr fertig machen..." –

erwiderte ich auf Ihre Frage, denn ein Einkauf von Lebensmitteln stand an, war geplant und auch wirklich dringend. Zwar hätten wir auch schon 15 Uhr in die Richtung der Stadt fahren können, aber wir erledigten das lieber gegen zeitigen Abend, immer dann, wenn im jeweiligen Einkaufszentrum der Vorweihnachtstrubel etwas abgeklungen war, die Mütter mit ihren Kinderwagen bereits anständig beim Ehepartner Daheim eingetroffen sind und die Rentner mit Ihren Rollatoren nicht mehr den Weg versperrten. Kurzum hatten wir immer gern unsere Ruhe beim Einkaufen und vermieden daher gezielt die durch Menschenmengen gefüllten Center an den Nachmittagen – vor allem einen Tag vor dem 1. Advent. Zugegeben störte mich die Faulenzerei an diesem Samstagnachmittag nicht, denn es war ohnehin ein ruhiges Adventswochenende geplant. Deswegen war ich auch dem Trubel der Stadt entflohen und zu meiner Freundin aufs Land gefahren.

Ein paar Minuten nach 17 Uhr rappelten wir uns dann endlich auf und machten uns zum Rausgehen fertig. Ein kurzer Blick in das Wohnzimmer genügte, um erneut mit Enttäuschung feststellen zu müssen, dass die Falle noch immer keine Maus beinhaltete. Fertig angezogen blickte mich meine Freundin an, als ich kurz zu Ihr meinte:

"Mit Speck fängt man Mäuse, so heißt es. Denk bitte daran, dass wir Speck kaufen!"

Die Tür zum Wohnzimmer hielten wir mit Absicht geschlossen, damit unser tierischer Gast während unserer Abwesenheit nicht ziellos durch die Wohnung irren konnte.

Etwa kurz vor 18.30 Uhr kehrten wir vom Einkaufen in die Wohnung meiner Freundin zurück und verstauten schnell die mitgebrachten Lebensmittel. Zu unserem Glück hatten wir auch an den Speck gedacht und diesen gekauft, denn während unserer Abwesenheit hielt es die Maus noch immer nicht für nötig, die Lebenfalle aufzusuchen.

"So Mäuschen! Damit kriegen wir dich!" –

murmelte ich in mich hinein, als ich die Falle in die Hand nahm und zunächst das alte Futter entleerte. Meine Freundin kümmerte sich um das Abendessen und für mich blieb die Zeit, liebevoll einen kleinen Speckwürfel zurecht zu schneiden, den ich daraufhin in die Lebendfalle lag. Dass die Maus den Camembert nicht mochte, konnte ich währenddessen irgendwie gut nachvollziehen, denn dieser gab einen leicht fauligen und durchaus ungewöhnlichen Geruch von sich. Frisch mit dem Speck bestückt platzierte ich die Falle in der Ecke des Wohnzimmers, genau an der Stelle, wo wir sie auch über den Nachmittag stehen hatten.

Das Abendessen nahmen wir wie gewohnt im Wohnzimmer zu uns, während es sich meine Freundin mit mir auf der Couch gemütlich gemacht hatte. Der nebenbei laufende Fernseher lenkte etwas von der Tatsache ab, dass sich die Maus mit uns zusammen im Wohnzimmer befand. Unser tierischer Gast hätte sich direkt unter uns auf dem Boden versteckt halten können. Wir wollten keineswegs die Maus aus dem Wohnzimmer lassen, also mussten wir uns irgendwie mit dem Gedanken an das Tier anfreunden, welches fortan mit uns den Raum teilte. Umso mehr machte sich meine Freundin mit mir zusammen einige Gedanken über einen Namen für unsere Maus. Wahllos schaltete ich zwischenzeitlich durch die angebotenen Kanäle des Fernsehprogrammes, als zufällig ein bekannter Verblödungssender mit einer noch bekannteren Verdummungssendung ins Bild kam. Auch wenn ich prinzipiell etwas gegen solche TV-Sendungen einzuwenden habe, wollte ich die Darbietung zunächst kurz verfolgen. Im Programm war eine ältere Frau zu sehen, die ihren Gesang einem Publikum mit scheinbar niedrigem IQ preisgab. Als die Darbietung der Dame beim Publikum keinen Gefallen auslöste, schritt der Juror der Sendung ein und stellte die Sängerin höflich zur Rede. Die Frau rechtfertigte sich im Fernsehen vor dem Juror und dem empörten Publikum. Belächelt von der Idiotie dieser Sendung wollte ich schnell auf einen anderen Kanal umschalten, als unter anderem der Name der Sängerin aus dem Lautsprecher schallte. Die Dame nannte sich Helga.

"Genau! Wir geben der Maus den Namen Helga!" –

meinte meine Freundin herzhaft lachend, die ebenfalls die Sendung belustigt neben mir verfolgt hatte.

– Warum eigentlich nicht?! –

dachte ich mir und pflichtete dem Namensvorschlag meiner Freundin bei. Genervt von diesem Programm schaltete ich auf einen anderen Sender um.

Es ging an diesem Abend des Samstag auf 22.30 Uhr zu, als uns langsam die Müdigkeit überkam. Die Falle mit dem leckeren Speck stand noch in der Ecke des Wohnzimmers bereit. Wir konnten nur hoffen, dass die Maus in der kommenden Nacht endlich die Lebendfalle aufsuchen wird. Als wir den Raum verließen und müde ins Schlafzimmer verschwanden, hielt sich das Tier entweder sicher unter der Couch versteckt auf, oder aber hinter dem Fernsehschrank.

"Gute Nacht Helga!" –

flüsterte meine Freundin mit einem Lächeln auf den Lippen in das dunkle Wohnzimmer hinein und schloss danach die Tür. Von diesem Moment an trugen wir die Anwesenheit unserer Hausmaus mit Humor, doch was uns am kommenden Adventssonntag erwarten sollte, konnten wir noch nicht ahnen...

Sonntag,

30. November 2014

1. Advent

V

Wie es sich am Sonntag gehört, haben wir bis gegen 10 Uhr am Vormittag geschlafen. Geräusche von unserer Hausmaus Helga konnten wir in der Nacht nicht wahrnehmen, da sie allein im Wohnzimmer eingesperrt war. Die nachtaktive Maus konnte also ungehindert in diesem Raum ihr Unwesen treiben und den für sie hinterlegten Speck verputzen. Zusätzlich wäre das Tier lebend in der Falle gefangen gewesen, was durchaus im Interesse von mir und meiner Freundin lag. Wir erhoben uns aus dem Bett, gingen in Richtung des Wohnzimmers und öffneten leise und rücksichtsvoll die Tür mit den humorvollen Worten:

"Guten Morgen Helga. Wir kommen jetzt rein!"

Doch was wir im Wohnzimmer feststellen mussten, erfreute uns keineswegs. Die Lebendfalle stand noch immer offen, denn der Plastikbügel wurde in der Nacht nicht ausgelöst und somit der Speck in keinster Weise angerührt. Meine Freundin blickte mich enttäuscht an und ohne das sie ein Wort über ihre Lippen brachte, wusste ich, was sie mir sagen wollte. Wir schauten zunächst genauer in der Ecke zwischen Fernsehschrank und Couch nach, doch die Falle wurde von Helga nachts gekonnt ignoriert. Das Licht des Vormittags schien durch das Fenster und erhellte den Raum. Es lag nahe, dass sich die Maus entweder unter der Couch oder wieder hinter dem Fernsehschrank verkrochen hatte, um am Tag ungestört in der Wohnung verweilen zu können. Meine Freundin inspizierte die Möbel und den Raum etwas näher, als sie plötzlich verärgert schrie:

"Schau 'mal was die gemacht hat! Die spinnt wohl?!"

Sie stand wütend vor dem Fenster des Wohnzimmers und blickte starr auf das Fensterbrett, auf dem ihr liebster Kaktus haust. Es ist ein Kaktus ohne Stacheln, welcher dort an seinem Platz steht und der an nahezu jeder Stelle von der Maus angenagt wurde. Sehr deutlich konnten wir an der Pflanze zahlreiche Spuren von Bissen erkennen. Es waren sogar die Abdrücke der Zähne an den Nagespuren sichtbar. Ganz offensichtlich hatte sich Helga in der Nacht mit Vorliebe am Kaktus vergnügt, worüber meine Freundin alles andere als begeistert war. Ein weiterer Beweis für die nächtliche Aktivität des Tieres wurde durch mehrere Körnchen von Mäusekot preisgegeben, die auf dem Fensterbrett rund um den Pflanzentopf verteilt waren. Helga hatte also ungestört das halbe Fensterbrett vollgeschissen und nebenbei auch noch in der Erde vom Kaktus gewühlt. Kleine Teile der Erde lagen verstreut neben der Pflanze zusammen mit dem Kot auf dem Fensterbrett. Mäusekot sieht so ähnlich aus wie Kümmel, denn die Körnchen waren leicht gekrümmt und hatten in etwa auch diese Größe. Wir wollten uns erst einmal im Bad für den Tag fertig machen, denn wir waren direkt nach dem Aufstehen in das Wohnzimmer geeilt und mussten die Verwüstung erblicken. Meine Freundin begab sich vom Fenster weg und stellte dabei eine weitere Tat der Maus fest.

"Hier ist ein nasser Fleck auf der Couch!" –

sagte sie zu mir, ohne dass der Anblick sie noch erschrecken konnte. Helga hatte des Nachts auf die Couch gepisst, denn eine Flüssigkeit in leicht gelber Farbe war auf dieser zu erkennen. Das alles war der Preis den wir zu zahlen hatten, da wir die Maus allein im Wohnzimmer herumtoben ließen.

Um etwa 11 Uhr kochte meine Freundin in der Küche frischen Kaffee, während ich die Zeit nutzte, um die von Helga verursachten Verschmutzungen zu beseitigen. Mit dem Staubsauger entfernte ich zunächst den Kot und die aufgewühlte Erde auf dem Fensterbrett des Wohnzimmers. Danach säuberte ich die Couch, auf der noch deutlich der Urinfleck zu sehen war. Zum Glück ist die Couch meiner Freundin aus weißem Leder, welches Feuchtigkeit abweist. Der Fleck konnte somit nicht in das Polster einziehen und wurde von mir mit einem Reinigungstuch entfernt sowie desinfiziert. Ein herrlicher und aromatischer Duft von Kaffee verbreitete sich währenddessen im Raum. Nach der Säuberung legten wir gegen 11.30 Uhr ein ausgiebiges Sonntagsfrühstück ein und grübelten dabei etwas über unseren tierischen Gast und seine nächtlichen Aktivitäten.

"Vielleicht war Helga einfach nur durstig..." –

sagte ich zu meiner Freundin, bevor ich genussfreudig in mein Brötchen biss. In der Tat hatte die Maus sämtliche Leckereien gemieden und wollte auch den salzigen Speck nicht haben, der noch durstiger gemacht hätte. Es war für uns die einfachste Erklärung, dass das Tier in der Nacht über die Couch auf das Fensterbrett gelangt sein musste, um den Durst mit der Flüssigkeit von der Pflanze zu stillen. Das Klettern auf das Fensterbrett dürfte der Maus ja keine Probleme bereitet haben, denn die Couch steht unmittelbar vor dem Fenster und auch am Tag zuvor scheute sich Helga nicht davor, die Lehne der Couch zu erkunden. Da der Kaktus aber nicht allzu viel Flüssigkeit beinhaltete, entschieden wir uns, der Hausmaus neben dem angebotenen Futter noch etwas Wasser zu servieren. Ich ging in die Küche und schraubte den Deckel einer PET-Getränkeflasche herunter, den ich anschließend mit etwas Leitungswasser befüllte. Dieser Deckel hatte genau die richtige Größe und Form, um in der Falle neben dem Speck platziert zu werden. Die Hoffnung war groß, unseren Gast nun endlich durch das gereichte Wasser zum einen ködern und zum anderen lebend fangen zu können. Noch immer hatten wir die Falle in der Ecke zwischen Fernsehschrank und Couch platziert, doch wo genau sich die Maus zum Mittag im Wohnzimmer befand, war für uns nicht klar.

Meine Freundin räumte etwas in ihrer Wohnung auf und ich arbeitete zunächst am Laptop, denn es galt für mich, die anstehende Arbeitswoche vorzubereiten. Wir achteten sorgsam darauf, schnell die Tür beim Verlassen und Betreten des Wohnzimmers zu schließen, damit uns die flinke Maus nicht aus dem Raum entwischen konnte.

"Helga? Komm doch 'mal raus!" –

sagte meine Freundin, als sie ratlos vor dem Fernsehschrank stand, ohne zu wissen, ob sich das Tier tatsächlich dahinter verkrochen hatte. Viele Möglichkeiten zum Verstecken gab es für die Maus im Wohnzimmer allerdings nicht. Da Helga am Tag zuvor um die selbe Uhrzeit hinter dem Fernsehschrank verweilte, lag es nahe, dass sie sich auch zum Adventssonntag dort versteckt hielt. Zwar befinden sich im Wohnzimmer meiner Freundin noch weitere Möbel, diese stehen aber direkt an der Wand, so dass der Spalt nach hinten zu klein ist und eine Maus sich nicht darin verstecken könnte. Auch stehen diese Möbel ohne Füße direkt auf dem Boden und bieten keinen Hohlraum nach unten. Als gutes Versteck kam daher nur der Fernsehschrank oder ein Platz unter der Couch in Frage. Da sich hinter dem Fernsehschrank einige Kabel befinden, steht dieser etwa 5 Zentimeter von der Wand weg. Zusätzlich war nur durch dieses Möbelstück ein Hohlraum zum Fußboden gegeben – ein optimales Schlupfloch für unsere Hausmaus.

"Kannst du mir bitte helfen, den Fernseher zur Seite zu rücken?" –

fragte mich meine Freundin mit einem lieb aufgesetzten Blick. Sie wollte sich auf den Fernsehschrank knien und hinter diesem nach unserem versteckten Tier sehen. Der

Schrank ist recht massiv und geringe 45 Zentimeter hoch, doch nur der Fernseher versperrte den Blick. Ich eilte meiner Freundin zur Hilfe und drehte das Gerät auf dem Möbelstück etwas in die Ecke, so dass sie sich bequem auf die Oberfläche des Schranks hocken und hinter diesen blicken konnte. Lächelnd sah ich meiner Freundin bei ihrer Aktion zu, als die neongrüne Schrift auf dem DVD-Spieler mittlerweile 14 Uhr anzeigte.

"Pssst, sei still! Ich hab' etwas rascheln gehört!" –

befahl mir meine Freundin und ich gehorchte zunächst. Einige Minuten lang wartete sie regungslos auf dem Möbelstück ab, schaute immer wieder in den Spalt dahinter und lauschte leise, während ich still auf der Couch aufpasste.

"Ach, die ist ja putzig!" –

sagte sie plötzlich und drehte sich dabei freudig zu mir um. Alle Ängste um das wilde Tier schienen von einem Moment auf den anderen hinfällig geworden zu sein, als meine Freundin die kleine Maus nun endlich in Ruhe zu Gesicht bekam. Helga befand sich zu diesem Zeitpunkt also tatsächlich unter dem Fernsehschrank und schnupperte neugierig die Gegend ab. Für einen kurzen Moment lang fühlte sich unserer tierischer Gast ungestört und kam im Sichtfeld meiner Freundin unter dem Möbelstück zum Vorschein. Vielleicht wollte Helga die Lebendfalle aufsuchen, die nicht weit entfernt in der Ecke platziert war. Doch eine kleine Bewegung meiner Freundin reichte schon aus und die Maus flitzte schnell zum Fernsehschrank in ihren sicheren Unterschlupf zurück. Wir entschlossen uns, Helga noch einmal in Ruhe zu lassen, denn vielleicht wollte sie das in der Falle angebotene Futter und Wasser doch noch aufsuchen. Ein letztes Mal sollte sie diese Gelegenheit von uns bekommen...

Wir verzogen uns aus dem Wohnzimmer und machten die Tür zu. Meine Freundin fand die Maus recht niedlich und zusammen grübelten wir darüber, ob wir sie als Haustier behalten sollten. Dies hätte allerdings vorausgesetzt, dass wir unseren tierischen Gast mit Leckereien ködern könnten. Da es aber mit Sicherheit gegen die Natur eines solchen Tieres geht, dieses einzusperren und gefangen zu halten, hatten wir diese Idee wieder recht schnell verworfen. Wir wollten Helga wohlbehütet in die Natur bringen, wenn wir sie doch endlich lebend einfangen würden.

"Mäuschen? Sei brav und lass dich fangen!" –

sagte meine Freundin mit ruhiger Stimme, als wir gegen 17 Uhr an diesem Sonntagnachmittag erneut das Wohnzimmer betraten. Wie es mittlerweile zu erwarten war, stand die Falle noch immer offen und das Futter und Wasser wurde nicht im geringsten angerührt. Erneut kletterte meine Freundin auf die Oberfläche des Fernsehschranks und wagte einen zaghaften Blick hinter diesen. Sie hatte Glück, denn es dauerte nicht lange und Helga kroch wieder unter dem Boden hervor, um sich langsam in Richtung der Ecke des Wohnzimmers zu begeben, wo die Lebendfalle stand. Als sie über die Kabel gelaufen war, sah auch ich wie etwas schnell und erschrocken unter die Couch huschte. Das Tier hatte dabei einen eleganten Bogen um die Falle gemacht und diese in keinster Weise beachtet.

"Jetzt hab' ich aber die Schnauze voll!" –

brüllte ich aufgebracht, während meine Freundin vom Fernsehschrank herunter stieg. Ich wollte mir den Tag nicht madig machen lassen und erst recht nicht von einer kleinen Hausmaus, die unser Futter und Wasser verschmähte. Also schob ich die Couch vorsichtig ein kleines Stückchen von der Wand weg und blickte auf den freigewordenen Fußboden. Da saß sie nun, eine kleine aber durchaus gut genährte Maus mit einer Größe von ungefähr 6 bis 8 Zentimetern. Zu diesem Zeitpunkt war es mir erstmals möglich, unsere Helga genauer zu betrachten, doch als ich mich ihr weiter näherte, verschwand sie schnell unter der Couch. Meine Freundin packte mit an und wir rückten das Möbelstück noch etwas weiter in den Raum hinein. Doch es half nichts, denn mit jedem Schieben lief die Maus einfach unter der Couch mit. Sie war uns aufgrund ihrer winzigen Größe und Schnelligkeit überlegen.

"Ich muss die Couch auseinander nehmen!" –

sagte ich überzeugt zu meiner Freundin, die zusammen mit dem Möbelstück mitten im Raum stand. Die Couch besteht aus zwei massiven Teilen, welche über die Ecke miteinander verbunden sind und die sich ohne große Mühen recht schnell trennen lassen. Da ich im Frühling des gleichen Jahres die Wohnung meiner Freundin renoviert hatte, wusste ich mit der Couch umzugehen, denn diese wurde damals von mir ebenfalls in zwei Teile zerlegt und zur Seite geräumt. Wir hoben an diesem Nachmittag zunächst das längere Teil der Couch aus der Verankerung und schoben es dann ein Stück von dem anderen weg, um die beiden Teile voneinander zu trennen. Allerdings war uns zu diesem Zeitpunkt nicht bekannt, unter welchem Teil der Couch sich Helga versteckt hielt. Ich packte das Leder an einer Ecke an und hob den längeren Teil der Couch nach oben, als die Maus plötzlich durch den Raum flitzte und erneut hinter dem Fernsehschrank verschwand.

"Toll! So fangen wir die nie!" –

meinte meine Freundin mit ratlosem Blick zu mir. Sie hatte recht, denn wenn Helga weiterhin zwischen Fernsehschrank und Couch hin und her rennen würde, wäre es für uns unmöglich gewesen, sie lebend zu fassen. Wir mussten also nach und nach ihre Verstecke beseitigen und sie irgendwie in die Enge treiben. Ich stellte zunächst das längere Teil der Couch hochkant in den Raum hinein und danach das andere. Die Spalten zum Fußboden wurden durch das Aufstellen eliminiert und kamen dadurch nicht mehr als Unterschlupfe in Frage. Zusätzlich hatten wir durch diese Aktion enorm viel Platz im Wohnzimmer gewonnen, um Helga quer durch den Raum verfolgen zu können. Doch dafür mussten wir sie erst einmal vom Fernsehschrank zu uns locken. Leise begaben wir uns zu dem Möbelstück, packten beide Ecken an und zogen gemeinsam den Schrank leicht von der Wand weg. Dieser ist recht unhandlich und hat vorn eine Glastür, daher mussten wir beim Wegschieben etwas vorsichtig agieren. Als wir den Fernsehschrank etwa 1 Meter von der Wand weg in die Mitte des Raumes gebracht hatten, strömte uns ein deutlicher Geruch der Maus entgegen. Es war nicht zu leugnen, dass sich Helga die letzten Tage genau an dieser Stelle schützend verkrochen hatte und womöglich ihr neues Revier markierte. Doch wir konnten nur den Geruch wahrnehmen, denn vom Tier selbst fehlte jede weitere Spur.

"Hä? Wo ist die denn?" –

fragte mich meine Freundin berechtigterweise und auch ich blickte etwas ratlos auf den Boden. Wir hatten doch deutlich gesehen, wie unser tierischer Besuch von der Couch aus hinter den Fernsehschrank gerannt ist. Doch wo war Helga nun? Ich kramte die gekaufte Taschenlampe aus dem Regal und leuchtete unter den Boden des Fernsehschranks, doch unsere Hausmaus konnte ich dabei nicht finden. Der ganze Raum stand nur wegen ihr auf dem Kopf, aber wir konnten das Tier keineswegs aufspüren. Die Tür des Wohnzimmers war noch immer geschlossen, so dass Helga nicht aus dem Raum hätte fliehen können. Nach erfolglosem Suchen entschieden wir uns, alle Lichter auszuschalten und uns leise an die Tür zu begeben. Im Wohnzimmer war es stockdunkel, denn der Sonntag ging mittlerweile auf 18 Uhr zu und durch das Fenster schien kein Außenlicht in den Raum hinein. Meine Freundin stand mit mir regungslos an der Tür und lauschte, ob sich die Maus an irgendeiner Stelle zu erkennen gibt. Zu unserem Glück hatten wir die Taschenlampe gekauft, mit der wir gelegentlich in die Raumecken leuchteten und auf Bewegungen des Tieres reagieren wollten. Doch so vergeblich wir auch leise an der Tür standen und warteten, die Maus kam einfach nicht mehr zum Vorschein.

Wir wollten schon aufgeben und alle Möbel zurück an ihren Platz rücken, als ich das Licht im Wohnzimmer wieder anschaltete und mich noch einmal zum Fernsehschrank begab. Ich hockte mich auf den Boden und inspizierte ein weiteres Mal den Hohlraum unter dem Möbelstück. In diesem Spalt war das Tier nicht ausfindig zu machen, doch als ich meinen Kopf hob, sah ich durch die Glastür zufällig etwas dunkles im Schrank sitzen – es war unsere Hausmaus Helga.

"Die sitzt hier drinnen!" –

sagte ich völlig überrascht zu meiner Freundin, die daraufhin schnell zu mir eilte und den Anblick zunächst selbst kaum glauben konnte. Wir mussten schon sehr genau hinsehen, doch die Maus saß tatsächlich völlig verängstigt und zusammengekauert im Fernsehschrank und zitterte, als würde ihr Ende kommen. Ich schlich um das Möbelstück herum und bemerkte ein vorher völlig unbeachtetes Loch in der Rückwand, durch das einige Kabel von Elektrogeräten führten. Es war also möglich, dass Helga die Tage zuvor schon durch dieses Loch in den Fernsehschrank geklettert war und uns aus sicherer Entfernung durch die Glastür beobachtet hatte. Doch von jetzt an waren wir am Zug. Ich suchte ein kleines Stück Pappe und befestigte es mit Klebestreifen an der Rückseite des Fernsehschranks, um das Loch dem Zweck entsprechend zu verschließen. Der Fluchtweg für die Maus war damit entgültig versperrt worden und das Tier hätte nur noch durch die offene Glastür nach vorn aus dem Schrank entkommen können. Unsere Helga saß somit in der Falle. Ich bat meine Freundin, einen Karton aus der Küche zu holen, denn ich hatte im Hinterkopf, dass dort einer mit zugehörigem Deckel in der Ecke lagerte. Zum Glück hatte dieser Karton eine geeignete

Größe, um die Maus zum einen lebend fangen und zum anderen sicher transportieren zu können. Wir wollten den Karton vor die offene Glastür des Fernsehschranks legen, damit Helga in diesen hinein rennen konnte. Von nun an war zwischen meiner Freundin und mir ein weiteres mal Teamarbeit gefragt.

"Bist du bereit?" –

fragte ich sie. Meine Freundin nickte mir zaghaft zu. Sie legte den Karton auf den Boden und hielt ihn mit der Öffnung nach vorn an die Glastür des Fernsehschranks, wobei ich langsam versuchte, diese zu öffnen. Als die Glastür offen stand, blieb die Maus zunächst regungslos im Schrank sitzen. Ich rüttelte mit aller Kraft an dem Möbelstück, so dass Helga panisch aus dem Fernsehschrank flüchten musste.

"Ich hab' sie!" –

schrie meine Freundin, als sie dabei schnell aber vorsichtig den Karton mit der Öffnung nach oben aufrichtete. Erleichtert atmeten wir durch, denn endlich hatte das Versteckspiel sein Ende gefunden. Ich holte mein Handy aus der Hosentasche und machte mit der

Kamera einige Fotos von der Maus, die völlig friedlich und brav in einer Ecke des Kartons saß und abwartete, was nun als nächstes mit ihr geschehen würde. Die Beweisbilder hielten wir zu diesem passenden Zeitpunkt für durchaus notwendig, denn wer würde uns sonst so eine amüsante und aufregende Geschichte glauben?

Nach dem letzten Foto verschloss ich den Karton sicher mit dem zugehörigen Deckel. Wir wollten uns beeilen, denn Helga sollte nicht allzu lange im Karton verweilen. Schließlich würde es uns auch nicht gefallen, lange in einem dunklen Karton eingesperrt zu sein. Schnell zogen wir uns Schuhe und Jacke an, wobei ich meine Freundin fragte:

"Nimmst du die Taschenlampe und ich den Karton?"

Sie stimmte mir zu und wollte die Maus so schnell es nur geht in die Natur bringen. Wir verließen rasch ihre Wohnung und gingen langsam die Treppe hinunter, während ich den Karton fest mit meinen Händen umschloss. Von der Haustür aus folgten wir einem kleinen Weg zum Waldrand. Draußen war stockdunkler Abend und angenehme Stille. Kein Mondlicht brach durch die dichte Wolkendecke hindurch. Meine Freundin leuchtete mit der Taschenlampe und wir schritten langsam und bedacht den Weg entlang. Der Kauf dieser Taschenlampe erwies sich dabei noch einmal als ein großer Vorteil. Während des Laufens verhielt sich Helga im Karton sehr ruhig und ich achtete auch darauf, diesen stets gerade zu halten. Kein Kratzen oder Scharren war zu hören, denn vielleicht wusste sie, dass ihre Freiheit nahte. Am Rande des Waldes kamen wir an einem kleinen Hügel vorbei, der unmittelbar zu einem Feld führt. Wir kannten den Weg und die Umgebung und entschlossen uns, die Maus an dieser Stelle auszusetzen. Zunächst legte ich sanft den Karton mit der Öffnung nach vorn auf dem Waldboden ab. Danach zogen wir gemeinsam den Deckel vom Karton weg. Wir warteten im dunkeln gespannt, während meine Freundin nebenbei auf den Boden des Waldes leuchtete. Es dauerte eine kleine Weile, doch dann kroch Helga aus ihrem Karton heraus und ertastete neugierig die Umgebung. Im Zickzack schlich die Maus den Hügel hinauf, blieb kurz in der Dunkelheit stehen und drehte sich zu uns um, als wollte sie uns danken. Helga's Augen leuchteten und funkelten im Licht der Taschenlampe. Zu diesem Zeitpunkt wussten wir mit gutem Gefühl, dass es die richtige Entscheidung war, ihr die Freiheit und das Leben zu schenken.

"Mach's gut kleine Helga. Denk 'mal an uns!" –

sagte meine Freundin beherzt zur Maus. Danach kroch das Tier weiter den Hügel hinauf und verschwand für immer in einem Laubhaufen vor dem Feld.

Es war bereits 19.30 Uhr am Abend, als wir uns glücklich und erleichtert auf den Rückweg begaben. Den Karton entsorgten wir direkt im Papiermüll.

"Da hab' ich die Falle wohl umsonst gekauft..." –

meinte ich zu meiner Freundin, als wir beide wieder in ihrer Wohnung ankamen. Dort war eine ungewöhnliche Ruhe eingekehrt. Noch an diesem Abend wollten wir gründlich aufräumen und saugen, da sonst womöglich weitere Reste von Mäusekot und Haare des Tiers liegen geblieben wären. Doch wir zündeten vorerst eine Kerze auf dem Tisch an, welcher mitten im verwüsteten Raum stand. Es war Sonntagabend, der 1. Advent 2014.